Titurel

Rittergedicht

von

Wolfram von Eschenbach

I. Sigune und Schionatulander

Der alte Titurel übergibt die Pflege des Grals seinem Sohne Frimutel, von dessen fünf Kindern Anfortas und Trevrezent sich schon Waffenruhm erwarben; die Töchter sind Schoisiane, Herzeleide und Repanse de Schoie. Schoisiane wird dem Herzogen Kiot von Katelangen (Katalonien) vermählt, stirbt aber bei der Geburt Sigunens. Vor Leid begibt sich Kiot nebst seinem Bruder Manfiolot des Schwertes; sein anderer Bruder Tampentär, König von Brobarz, von dem Kiot sein Herzogtum zu Lehen trägt, leiht es nun Sigunen und nimmt diese zu sich, um sie mit seiner Tochter Kondwiramur zu erziehen. Herzeleide wird mit Kastis vermählt, der am Hochzeitstage stirbt und ihr die Königreiche Waleis und Norgals hinterlässt, welche sie ihrem zweiten Gemahl, Gahmuret, zubringt. Nach Tampentärs Tode, dem Kardeiß in Brobarz folgt, wird Sigune, auf Herzeleidens Bitte, zu dieser gebracht und mit Schionatulander bei ihr erzogen. Diesen jungen Delfin (Dauphin) von Graswaldane (Graisivaudan, Viennois oder Dauphinée), den Helden der Aventüre, hatte die Königin Anflise von Frankreich, Gahmurets Jugendgeliebte, diesem anvertraut. Sein Ahn war Gurnemans de Graharz, sein Vater Gurzgri, seine Mutter Mahaute, des Pfalzgrafen Eckunat Schwester. Schionatulander hatte Gahmureten oft als Bote bei Anflisen gedient; jetzt ward er selber von Sigunens Minne berührt. Er bittet um ihre Hilfe, und ein reizendes Gespräch über Minne entspinnt sich zwischen den Kindern. Sigune ist ihm hold, doch soll die Schionatulander erst unter Schildesdach verdienen. Um diese Zeit zieht Gahmuret zum andern Mal nach dem Morgenlande, dem Baruch gegen die babylonischen Brüder beizustehen; Schionatulander begleitet ihn, beginnt aber dort aus Sehnsucht nach Sigunen zu siechen. Gahmuret, der seinen Kummer bemerkt, stellt ihn zur Rede und verheißt ihm, als er seine Liebe zu Sigunen bekennt, Beistand und Fürsprache. Ein ähnliches Zwiegespräch zwischen Sigunen und Herzeleiden beschließt den wahrscheinlich ganz erhaltenen Abschnitt.

---

1. Als sich der starke Titurel
   noch wusste zu rühren,
   Er getraute wohl die Seinen
   und sich selbst im Sturme zu führen;
   Jetzt sprach er im Alter: "Ich lerne
   Dass ich den Schaft muss lassen:
   Den schwang ich sonst so schön und so gerne.
2. "Könnt ich noch Waffen tragen,"
   sprach der Furchtlose,
   "Die Lüfte müssten schüttern
   von meines Speeres krachendem Stoße,
   Splitter gäben Schatten vor der Sonnen;
   Viel Helmzierden sah ich
   von meines Schwertes Schneide hell entbronnen.
3. "Hab ich von hoher Minne
   je Trost empfangen,
   Ließ mich der Minne Süße
   je Beseligung erlangen,

Wenn je mich grüßten minnigliche Frauen,
Das ist nun fremd geworden
dem schwachen Greise, dem altergrauen.

4. "Mein Glück, mein Entsagen,
mein liebendes Sinnen,
Und ließ mich milde Gabe
und kühne Tat je Würdigkeit gewinnen,
Das kann an meine Kindern nicht verderben.
Treu und wahre Minne
muss sich auf mein ganz Geschlecht vererben.

5. "Ich weiß wohl, wen weibliches
Lachen begrüßet,
Dass sein Herz auf immerdar
hoher Sinn und Stetigkeit durchsüßet.
Nimmermehr verlassen ihn die beiden
Als mit dem Tod alleine;
anders kann sie niemand von ihm scheiden.

6. "Da der Gral mir wurde
von Gott gesendet,
Den ich aus des Engels
Hand empfing, von seinem Glanz geblendet,
Geschrieben fand ich da des Grales Orden:
Nie war vor mir die Gabe
menschlichen Händen noch zu Teil geworden.

7. "Der Herr des Grales lebe
in Demut und Reine.
O weh, süßer Sohn
Frimutel, dass ich nur dich alleine
Von meinen Kindenrnoch dem Gral bewahre!
Nun empfah des Grales Krone
und den Gral, mein Sohn der lichte klare.

8. "Sohn, das Amt des Schildes
hast du bei jungen Jahren
Kräftiglich verwaltet,
Zagheit hat man nie an dir erfahren.
Von der Ritterschaft muss ich mich wenden:
Nun wehr dich, Sohn, alleine;
sieh, die Kraft entschwindet meinen Händen.

9. "Fünf liebe Kinder,
Sohn, hat dir Gott verliehn:
Die sind auch hier dem Grale
zu einem werten Ingesind gediehen.
Anfortas und Trevrezent der schnelle:
Vor allem Preise, selber
wohl noch erleb ichs, schallt ihr Preis einst helle.

10. "Deine Tochter Schoisiane
beschließt der guten Gaben
So viel in ihrem Herzen,
einst wird die Welt noch Frommen von ihr haben.
Herzeleiden mag es auch gelingen.

Urrepans de Schoiens Lob
wird kein ander Lob zum Schweigen bringen."
11. Diese Reden hörten
die Frauen und die Ritter.
Wohl in manchen Herzen
der Templeisen ward der Jammer bitter,
Die er einst aus manchem Treffen brachte,
Wenn er den Gral mit seiner Hand
und ihrer Hilfe ritterlich bewachte.
12. So war der starke Titurel
geworden der schwache,
So von hohem Alter
als von des Siechtumes Ungemache.
Frimutel besaß hinfort in Ehren
Den Gral auf Monsalväsche:
kein irdisch Reich mag höher Heil gewähren.
13. Nun waren seiner Töchter
zwo in den Jahren,
Dass sie zu hoher Minne
an Freundes Arm voll ausgewachsen waren.
Werben sah man um Schoisianens Minne
Viel Könge mancher Lande:
da ward sie einem Fürsten zum Gewinne.
14. Kiot aus Katelangen
erwarb Schoisianen.
Nie an Schönheit unterm Mond
glich eine Jungfrau der Wohlgetanen.
Auch mocht ihm ihre Hand viel Tugend lohnen:
Hohe Kosten, kühne Tat
pflegt' er, wo es Preis galt, nicht zu schonen.
15. Man führte sie ihm herrlich zu;
auch ward sie reich empfangen.
Der König Tampentäre,
sein Bruder, kam auch gen Katelangen.
Reiche Fürsten sah man da in Scharen:
Von schönerer Hochzeit
hat man in allen Landen nie erfahren.
16. Kiot, der Herr des Landes,
hatte Preis errungen
Mit Kühnheit oft und Milde;
selten war es seiner Tat misslungen,
Wo es unerschrocken galt zu streiten
Und um Lohn der Frauen
unterm Helmschmuck zu der Tjost zu reiten.
17. Hat je ein Fürst auf Erden
ein lieber Weib gewonnen,
Wie schenkte dem die Minne
so voll das Maß der herzlichen Wonnen.
Doch o weh, nun nahet ihm die Trauer!

So nimmt die Welt ein Ende!
Des süßen Glückes Neige schmeckt uns sauer.

18. Zur rechten Zeit gewährte
sein Weib ihn eines Kindes.
Dass mich Gott erlasse
in meinem Hause solchen Ingesindes,
Wenn ich es so teuer müsst entgelten!
Behalt ich kluge Sinne,
so hegt mein Herz solche Wünsche selten.

19. Die süße Schoisiane,
die schöne und gute,
Gebar im Tode
eine Tochter reich an selgem Mute.
An der ward aller Jungfraun Preis zu Schanden:
Sie pflag solcher Treue,
dass man von ihr noch sagt in manchen Landen.

20. So war des Fürsten Leid
doch verwebt mit Freuden:
Seine Tochter war am Leben,
ihre Mutter tot: Das hatt er an den beiden.
Schoisianens Tod verhalf seinem Herzen
Zu Verlust wahrer Wonne,
zu Gewinn immerdar an den Schmerzen.

21. Da befahl man die Fraue
mit Jammer der Erden.
Mit köstlichen Gewürzen
sollte sie zuvor gebalsamt werden:
Da musst es noch so lange Anstand haben.
Von allen Seiten kamen
Fürsten und Könige, sie zu begraben.

22. Der Herzog trug zu Lehen
sein Land von Tampentäre,
Dem König, seinem Bruder,
der genannt war von Pelrapäre.
Der lieh es nun dem Kinde, seiner Nichten;
Denn auf Schwert, Helm und Schild
wollte Kot hinfort verzichten.

23. Manfilot der Herzog
sah so im Leide
Seinen teuern Bruder:
Das war eine bittre Augenweide!
Da schied auch er aus Jammer sich vom Schwerte,
Dass Kampf und hohe Minne
nun keiner von beiden mehr begehrte.

24. Sigune ward die Tochter
genannt in der Taufe,
Die ihr Vater Kiot
bezahlt hatte zu so teuerm Kaufe,
Denn er verlor durch sie die Wohlgetane,

Von der der Gral zu Anfang
sich tragen ließ: Das war Schoisiane.
25. Nun fuhr Tampentäre
mit Sigunen, der kleinen
Heim zu seiner Tochter.
Da sie Kiot küsste, da sah man weinen!
Da lag Kondwiramur noch an den Brüsten.
Die zwei Gespielen wuchsen,
dass wir kein Ziel ihres Lobes wüssten.
26. Zu denselben Zeiten
war Kastis gestorben:
Der hatte Herzeleiden
zu Monsalväsch, die schöne, erworben.
Kanvoleis gab er der Fraun zum Lohne
Und Kingrivals: in beiden
trug sein Haupt vor Fürsten die Krone.
27. Nie hatte sie doch Kastis
gewonnen zum Weibe,
Die in Gahmuretens
Arme lag mit unberührtem Leibe,
Doch wurde sie Gebietrin zweier Reiche,
Des holden Frimutellens Kind
von Monsalväsche, die wonnereiche.
28. Als König Tampentäre starb,
und Kardeiß der klare
Die Kron empfing in Brobarz,
das geschah in dem fünften Jahre,
Seit sich Sigune bei ihm aufgehalten.
Da mussten sie sich scheiden,
die jungen zwei Gespielen, nicht die alten.
29. Herzeleid die Königin
Sigunens gedachte:
Sie warb so lang mit Bitten;
bis man sie von Brobarz zu ihr brachte.
Kondwiramur begann zu klagen;
Dass sie ihrer Freundschaft
und trauten Nähe nun sollt entsagen.
30. Das Kind sprach: "Liebes Väterlein,
nun lass mir mit Docken
Die Kisten erfüllen,
so magst du mich zu meiner Muhme locken:
So bin ich auf die REise gut gerichtet.
Es lebt mancher Ritter,
der sich zu meinem Dienst noch verpflichtet."
31. "Wohl mir so werten Kindes!
wie sprichst du mit Verstande!
Möchte Gott nur lange
so hehre Herrin gönnen meinem Lande.
Mein Kummer schläft, so lang dein Heil darf wachen.

Wär Schwarzwald hier zu Lande,
zu Schäften säh ich ganz um dich ihn machen."

32. So erwuchs Kiotens Kind
Sigune bei der Muhmen.
Wer sie sah, dem schien sie
wie Maienglanz bei taunassen Blumen.
Ehr und Heil aus ihrem Herzen blühte;
Naht erst ihre Lobeszeit,
so mehr ich noch das Lob ihrer Güte.

33. Was zu vollem Lobe
gehört bei reinem Weibe,
Des war nicht eines Haares breit
vergessen an ihrem süßen Leibe.
Sie reine Frucht, die lautre, wohlgetane,
Der Mutter gleich geartet Kind,
jung, keusch und rein wie einst Schoisiane.

34. Lasst uns auch gedenken
Herzeleids der reinen.
Man mocht ihr Lob wohl schenken;
ich will die liebe minnen und meinen.
Sie Bronnen aller weiblichen Ehren,
Sie wusst es zu verdienen,
wie man ihr Lob sah in den Landen mehren.

35. Die magdliche Witwe,
die Tochter Frimutelles,
Wo man der Frauen Lob besprach,
da erscholl nach ihrem kein so helles.
In alle Lande fuhr das Lob der Werten,
Bis ihrer Minne ward gedient
vor Kanvoleis mit Speeren und mit Schwerten.

36. Nun hört von Sigunen,
der Maid, fremde Wunder.
Sich bräunt' ihr fahles Lockenhaar,
ihre Brüste wölbten sich runder.
Da wuchs in ihrem Herzen Hochgemüte,
Sie wurde stolz und lose
und doch dabei voll weiblicher Güte.

37. Wie Gahmuret geschieden
vom Lande Belakanens,
Wie er darauf erworben
ritterlich die Schwester Schoisianens,
Wie er der Französin sich entschlagen,
Das will ich hier verschweigen
und euch von magdtumlicher Minne sagen.

38. Anflise, die Französin,
ließ sich ein Kind vertrauen
Von fürstlichem Geschlechte
und solcher Art, die immer trug ein Grauen
Vor allen Dingen, die da Preis verderben:

Prüfet alle Fürsten,
so seht ihr keinen so nach Preise werben.
39. Da Gahmuret den Schild
empfing von Anflisen,
Ihm lieh die werte Königin
dies Kind. Das wird noch hoch von uns gepriesen:
Das verdient seine kindliche Süße:
Es wird der Aventüre Herr,
um den ich alle Kinder freundlich grüße.
40. Auch zog dasselbe Kind
mit dem Anscheweine
Hinüber in die Heidenschaft
zu dem Baruch Ackareine;
Gen Waleis bracht er es hernach zurücke.
Wo Kinder Tapferkeit erspähn,
das frommt dereinst dem Manne noch zum Glücke.
41. Zum Teil will ich des Kindes
Geschlecht euch benennen.
Gurnemans von Grahharz,
sein Ahne, konnte Eisen wohl zertrennen:
In mancher Tjost hatt er den Ruhm erworben;
Gurzgri hieß sein Vater,
der um Schoi de la Kurt gestorben.
42. Seine Mutter war Mahaute,
Eckunatens Schwester,
Des reichen Pfalzgrafen,
genannt nach der starken Stadt Berbester;
Selber hieß er Schionatulander:
Höhern Preis erwarb der Held
als die andern alle miteinander.
43. Dass ich des werten Gurzgri
Sohn euch nicht nannte
Vor der Magd Sigunen,
das tat ich, weil man ihre Mutter sandte
Aus des Grales Pflege dem Gemahle;
Den Vorzug gibt ihr wohl Geburt,
denn ihr Geschlecht diente dem Grale.
44. Die des Grales hüten,
das sind die Erwählten,
Immer selig hier und dort,
die stets dem höchsten Preise zugezählten.
Auch Sigune war von diesem Samen,
Der in die Welt von Monsalväsch
ward ausgestreut, den nur die Würdgen nahmen.
45. Wohin dieses Samens
gebracht ward in die Lande,
Da musst er Früchte bringen:
Wie ein Hagel fiel er auf die Schande.
Weit ist der Name Kanvoleis gedrungen:

Hauptstadt der Treue
ward sie seitdem genannt in manchen Zungen.

46. O wohl dir, Kanvoleis!
Von der Treu und Stete
Wird man ewig sprechen,
die in dir begann nicht zu späte.
Da hob sich zweier Kinder frühe Minne
So lauterlich, die ganze Welt
würde keiner Trübheit an ihr inne.

47. Der stolze Gahmuret
erzog sie miteinander
In seiner Kemenate.
War der junge Schionatulander
Nur zu schwachen Sinne noch gediehen,
Er konnte doch der Herzensnot
von Sigunens Minne nicht entfliehen.

48. O wehe! Sie sind noch
zu jung solchen Ängsten.
Wo die Jugend von der Minne
ergriffen wird, da währt sie am längsten.
Das Alter mag der Minne leicht entsagen;
Die Jugend zwingt der Minne Band;
sie kann sich ihrer Kraft nicht entschlagen.

49. Weh, Minne, was verschont nicht
deine Kraft die Kinder!
Einer, der nicht Augen hat
würde dich doch spüren, ein Blinder.
Zu vielfach, Minne, bist du stets gewesen;
Alle Schreiber schrieben
deine Art nicht aus noch dein Wesen.

50. Auch den Mönch im Kloster
überwindet Minne,
Sie zwingt den Einsiedel
selbst zu gehorsamem Sinne:
Keine Regel hält sie dann im Zaume;
Sie zwingt den Ritter unterm Helm:
ihr genüget an dem engsten Raume.

51. Der Minne Macht bewältigt
die Nähe wie die Weite;
Minne hat auf Erden Haus;
in den Himmel gibt sie gut Geleite.
Minn ist allwärts, außer in der Hölle.
Der starken Minne lahmt die Kraft,
wird Wankelmut und Zweifel ihr Geselle.

52. Ohne Wank und Zweifel
sah man die beiden
Schionatulander
und Sigunen, in der Liebe Leiden;
Große Freude mischte sich darunter.

Es wird zu lang, sonst sagt' ich euch
von kindlicher Minne manches Wunder.

53. Verschämte Zucht und ihres
Geschlechts ererbte Weise
(Aus lautrer Liebe stammten sie)
hielt sie in dem angestammten Gleise,
Dass sie außen sich der Minn erwehrten
Vor der Merker Augen,
und in den Herzen innen sich verzehrten.

54. Schionatulander
war in der Minne weise
Durch manche süße Botschaft,
die der Franzosen Königin Anfleise
Heimlich einst der Anschewein gesendet:
Er brachte sie und wandte
oft beider Not: Wär seine nun gewendet!

55. Schonatulander
hatt es oft erfahren
Bei seinem Oheim Gahmuret;
wie der zu sprechen wusst und zu gebahren,
Und wie er sich von Kummer konnte scheiden:
Das rühmten die Getauften hier,
das rühmten dort von ihm die werten Heiden.

56. Die je geminnt haben
und Minneleid getragen,
Von magdlichem Kummer
höret nun und Jünglingsschmerzen sagen.
Davon will ich euch Abenteuer künden,
Allen, die der Sehnsucht Pein
je herzliche Liebe ließ ergründen.

57. Der süße Schionatu-
lander Genannte,
Als seiner Gespielin
Huld sein leidend Herz übermannte,
Da sprach er: "Sigune, hilfereiche,
Hilf, süße Magd, dass deine Hand
mir aus diesen Sorgen Hilfe reiche.

58. "Düschels von Katelangen,
lass mich des genießen,
Man sagt du seist der Art entstammt,
die es niemals mochte verdrießen,
Mit Minnelohn ihm Hilfe zu gewähren,
Der Minnenot durch sie empfing:
die Sitte solltest du an mir bewähren."

59. "Doux Ami, nun sprich,
süßer Freund, was du meinest.
Lass hören, ob du solche
Gesinnung gegen mich mir bescheinest,
Dass ich Gehör der Klage müss erteilen:

Bist du des Schadens nicht gewiss,
so solltest du dich nicht übereilen."

60. "Gnade soll man suchen
da wo sie wohnet.
Herrin, ich suche Gnade:
nun sieh, wie deine Gnade mir lohnet.
Freundschaft halten ziemt verständgen Kindern;
Aber Ungnade,
wem könnte die wohl Schmerzen lindern?"

61. Sie sprach: "Du sollst um Linderung
deinen Schmerz da künden,
Wo man dir besser helfen mag
als ich, du mächtest sonst dich versünden,
Wenn du begehrst, dass ich den Schmerz dir heile.
Denn ich bin eine Waise,
Land und Leuten fern, ach, manche Meile!" -

62. "Ich weiß wohl, dass dir Leut und Land
gehorchen, ihrer Frauen;
Das begehr ich alles nicht:
nur lass dein Herz durch deine Augen schauen,
So dass es meines Kummers Not bedenke:
Nun hilf, eh deiner Minne Flut
mir das Herz und die Freuden ertränke." -

63. "Wer solche Minne hat, dass er
durch Minne gefährde
So lieben Freund, wie du mir bist,
mir der liebste Freund auf der Erde,
Solch gefährlich Ding ist mir nicht Minne.
Gott weiß wohl, ich wusste
nie von der Minne Verlust noch Gewinne.

64. "Minne, ist das ein er?
Kannst du Minne beschreiben?
Ist es ein sie? Und kommt mir
Minne, wo soll ich mit ihr bleiben?
Soll ich sie verwahren bei den Docken?
Fliegt sie uns auf die Hand,
oder ist sie wild? Ich kann ihr wohl locken."

65. "Herrin, ich hörte sagen
von Frauen und von Mannen,
Minne kann auf Alt und Jung
den Bogen so meisterlich spannen,
Dass sie mit Gedanken tödlich schießt:
Sie trifft ohne Fehlen
was da läuft, kriecht, fliegt oder fließet.

66. "Ich kannte, süße Magd, bisher
Minne nur aus Mären:
In Gedanken wohnt die Minne;
das kann ich mit mir selber nun bewähren.
Dazu treibt sie wandellose Liebe.

Minne stiehlt mir Freude
aus dem Herzen gleich einem Diebe."

67. "Schionatulander,
mich zwingen Gedanken,
Wenn du mir aus den Augen kommst,
dass ich an den Freuden muss erkranken,
Bis ich dich heimlich wieder angesehen.
Drum traur ich in der Wochen
nicht einmal, zu oft ist mirs geschehen."

68. "So darfst du, süße Magd, mich
nicht fragen nach Minne:
Du erfährst wohl ohne Fragen
von der Minne Verlust und Gewinne.
Sieh, wie die Minne Freude kehrt in Schmerzen;
Tu der Minn ihr Recht, dass
uns die Minne nicht verderbt in den Herzen."

69. Sie sprach: "Kann die Minne
die Herzen so beschleichen,
Dass ihr nicht Mann, nicht Weib noch Magd
mit Behendigkeit mög entweichen:
Weiß denn jemand, was die Minne rächen
Will an Leuten, die ihr nie
geschadet, ihre Freuden so zu brechen?

70. "Wohl ist sie gewaltig
der Jungen wie der Greisen:
Kein Meister lebet,
der ihre Wunder alle möge preisen.
Lass uns um ihre Hilfe beide werben
Mit wandelloser Freundschaft;
so kann mit Wank uns Minne nicht verderben."

71. "O weh, könnte Minne
doch andre Hilf erzeigen,
Als dass ich meinen freien Leib
in dein Gebot dir gäbe zu eigen!
Deine Jugend war zu Dienst mir nie beflissen:
Du musst mich unter Schildesdach
erst verdienen, das sollst du wissen!"

72. "Herrin, wenn ich erstarke
die Waffen zu führen,
In süßer, saurer Arbeit
will ich heut und immer mich rühren,
Dass mein Dienst nach deiner Hilfe ringe;
Deine Hilfe tut mir Not:
hilf denn, dass mir an dir gelinge."

73. So hatt ihre Minne
den Anfang genommen
Mit Worten, in den Zeiten
da Pompejus vor Baldag zu kommen
Sich gerüstet mit gewaltgem Heere,

Und Ipomidon der Werte;
da zerbrachen sie viel neue Speere.

74. Gahmuret entschloss sich
auch dahin zu fahren,
Nur mit eignem Schilde:
nicht entbot er seine stolzen Scharen,
Denn er trug wohl dreier Lande Kronen.
So trieb ihn Minne in den Tod;
den empfing er von Ipomidonen.

75. Schionatulanders
Herz war beklommen,
Da ihm Sigunens Minne
hohen Mut und Freude benommen.
Er musste doch mit seinem Oheim scheiden;
Das war Sigunenes Herzeleid
und seins: Nachstellte Minne den beiden.

76. Urlaub nahm der junge Fürst
von der Magd verborgen.
"O weh, wie soll ichs erleben,
sprach er, "dass die Minne mich der Sorgen
Erledigen müsse, und vom Tode scheiden?
Wünsche Glück mir, süße Maid:
ich muss von dir hinaus zu den Heiden."

77. "Ich bin dir hold, getreuer Freund:
nun sprich: Ist das Minne?
So soll sich immer
mir erneun der Wunsch nach dem Gewinne,
Der uns beiden hohe Freud erwerbe:
Es brennen alle Wasser,
eh die Minne meinerseits verderbe."

78. Viel Lieb verblieb allda,
Lieb schied von dannen,
Nie hört ich sagen
von Maiden, Fraun noch mannlichen Mannen,
Die sich herzlicher mochten minnen:
Das ward an Sigunen
Parzival bei der Linden wohl innen.

79. Von Kingrivals der König
Gahmuret verstohlen
Von Freunden und von Mannen schied:
Seine Fahrt blieb ihnen all verhohlen.
Nur zwanzig Fürstenkinder klug und weise
Und achtzig Harnischknappen
ohne Schild hatt er erwählt zu der Reise.

80. Fünf schöne Rosse, Goldes viel,
von Assagog Gesteine,
Folgt' ihm auf die Fahrt; sein Schild
sonder andern Schild, ganz alleine.
Immer sollt ein Schild Gesellen kiesen,

    Dass ein andrer Schild ihm Heil
    wünschte, wenn dieser Schild sollte niesen.
81. Ihre Lieb und seine
    Minne waren fremde
    Sich noch nie geworden.
    Ihm gab die Königin ihr blankes Hemde
    Von Seide, wie es ihren Leib berühret,
    Den blanken, und das Braune dort.
    Das ward vor Baldag in die Schlacht geführet.
82. Aus Norgals durch Spanien
    gen Sevilla der Veste
    Zog des kühnen Gandein Sohn,
    der den Augen Wassers viel entpresste,
    Da man den Ausgang hörte seiner Reise.
    Die Getauften wie die Heiden
    sprechen stets von seinem hohen Preise.
83. Das red ich nach der Wahrheit,
    nicht nach leerem Wahne.
    Nun lasst uns auch gedenken
    des jungen Fürsten aus Graswaldane,
    Wie seinem Herzen alle Freud entzogen
    Sein keusches Lieb Sigune,
    wie Bienen stets aus Blumen Süße sogen.
84. Liebliche Siechheit,
    die er trug von Minne,
    Verlust des hohen Mutes
    bei der Sorgen reichlichem Gewinne,
    Sah man den von Graharz schmerzlich peinen.
    Den Tod nähm er lieber,
    wie sein Vater Gurzgri von Mabonagreinen.
85. Wie manche Tjost durch Feindesschild
    mit des Speerbruchs Krache
    Seine Hand auch führte,
    sein Leib ist doch zu solchem Ungemache
    Zu schwach, da ihn die Minne schwächt und kränket,
    Und sein Gedank an liebliche
    Liebe so unvergesslich gedenket.
86. Wenn andere Junker
    auf Feldern und Straßen
    Turnierten und rangen,
    so musste ers vor Herzweh unterlassen;
    An allen Freuden ließ ihn Minne siechen.
    Aufstehn lernt ein Kind am Stuhl;
    erst aber muss es hin zu ihm kriechen.
87. Nun trag er hohe Minne!
    So muss er auch denken
    Den Sinn empor zu richten,
    und aller Falschheit fern ab zu lenken
    Die Ehre in der Jugend wie im Alter;

Eh mancher Fürst das lernte,
man lehrte einen Bären eh den Psalter.

88. Schionatulander
trug lang sein Leid verborgen,
Eh der werte Gahmuret
inne ward der verhohlnen Sorgen,
Wie seinen nächsten Blutsfreund Kummer drückte:
Sommer und Winter quält' er sich,
wie auch der Erde wechselnd Kleid sich schmückte.

89. Die angestammte Schönheit,
sein Anstand, sein Geschicke,
Sein Angesicht, die lichte Haut,
seiner Augen leuchtende Blicke,
Die schied der Gram von ihrem lautern Glanze:
Ihn zwang nicht halbe Neigung,
die mächtge Liebe war es, die ganze.

90. So ward auch Gahmuretens
Herz einst bedränget
Von der Minne Feuer;
oft hatt ihm ihre Flammenglut versenget
Die lautre Haut, bis all ihr Schein entschwunden.
Von der Minne Hilfe wusst er wohl;
er kannt auch ihre zwängenden Stunden.

91. Wie listig sei die Minne,
sie muss sich entdecken,
Wer Augen hat und Minne kennt,
dem kann sich ihre Kraft nicht verstecken.
Sie ist als Winkelmaß auch ohne Tadel;
Sie stickt und zeichnet wunderschön,
noch besser als Stift oder Nadel.

92. Gahmuret gewahrte
den verborgnen Kummer,
Der aus Graswaldan dem jungen
Delfin die Freude nahm und den Schlummer.
Er zog ihn auf das Feld beiseit mit Fragen:
"Wie hat Anflisens Knabe sich?
Seine Trauer gibt mir kein Behagen.

93. "Ich habe Teil an deinen
Seufzern, deinen Tränen.
Der römische Kaiser
und der Großherr aller Sarazenen,
All ihr Reichtum kann es mir nicht wehren,
Was Dich in Kummer brachte,
das muss auch meine Freude verzehren."

94. Wohl möchtet ihr nun schauen
an Gahmuretens Miene,
Könnt er nur, er helfe
gern dem jungen liebenden Delfine.
Er sprach: "O weh, wo ist der Schein geblieben

Deines lautern Angesichtes?
Die Minne will sich selbst in dir betrüben.
95. "Ich spür an dir die Minne:
die Spur ist tief geschlagen.
Hehl mir nicht deine Heimlichkeit,
da wir so nahe Verwandtschaft tragen.
Wir sind ein Fleisch und Blut durch rechte Sippe,
Näher als von der Mutter,
die da erwuchs aus der gestohlnen Rippe.
96. "Du Minnebronnen, frisches
Reis der Minneblühte!
Wie muss mich nun dauern
Anflise, die dich aus weiblicher Güte
Mir lieh: Als hätte dich ihr Schoß geboren,
So hielt sie dich an Kindesstatt:
stets war dir ihre Gunst unverloren.
97. "Birgst du mir deine Heimlichkeit,
wie muss das beschweren
Mein Herz, das stets dein Herz auch war;
deine Treue kann es auch nicht ehren,
Dass du mir so große Not verhehlest;
Deiner Stete trau ich es nicht zu,
dass du so wankelmütig dich verfehlest."
98. Der Knappe sprach in Sorgen:
"So will ich nur denken,
Wie mir dein Friede bleibe
und mich dein Zorn nicht ferner dürfe kränken:
Aus Zucht verbarg ich dir all meine Schmerzen.
Nun nenn ich dir Sigunen:
Die hat es angetan meinem Herzen.
99. "Meine Bürd erleichtern kannst du,
willst dus nicht versagen.
Nun gedenke der Französin:
Hab ich Sorge je für dich getragen,
So nimm mich jetzt aus dieser Not, den kranken.
Der Leu träumt im Schlafe
nicht so schwer, als meine wachenden Gedanken.
100.   "Auch sei gemahnt, ich habe
Meer und Land durchstrichen
Dir zu Liebe, nicht aus Armut.
Ich bin von Land und Leuten gewichen
Und von Anflisen, meiner werten Frauen.
Das komme mir nun alles
bei dir zu gut: Lass deine Hilfe schauen.
101.   "Du magst mich wohl erlösen
der schließenden Banden.
Trag ich einst selber Helm und Schild
mit fürstlicher Pracht in den Landen,
Und soll mit tapfrer Hand da Preis erringen,

Bis dahin sei mein Vogt, auf dass
dein Schirm mich schütze vor Sigunens Zwingen."

102.   "Ei, schwacher Knapp, wie muss so viel
des Waldes noch verderben
In Tiosten deine Hand,
sollst du der Minne der Düchess erwerben.
Werte Minne lohnt nur dem Verdienste:
Tapferm Armen wird sie ehr
als dem verzagten Reichen zum Gewinnste.

103.   "Doch hör ich gerne, dass dein Herz
so hoch dir steiget:
Wo hat ein Baum die Äste
wohl noch je so wonniglich verzweiget?
Blüht schönre Blum auf Flur und Wiesengrunde?
Hat dich mein Mühmchen bezwungen,
o wohl dir der lieblichen Kunde!

104.   "Ihre Mutter Schoisiane
war dafür berufen,
Dass Gott und seine Kunst mit Fleiß
sie so schön und wonniglich erschufen:
Schoisianens Glanz, den sonnenhellen,
Den hat Sigune, Kiots Kind,
an sich: Das Urteil hör ich alle fällen.

105.   "Kiot, der in scharfer Not
stets sich Preis errungen,
Der Fürst von Katelangen,
eh seine Kraft Schoisianens Tod bezwungen:
Der beiden Tochter mag ich wahrhaft grüßen
Siegerin Sigune,
wo man zwischen Maiden wählt, den süßen.

106.   "Die dir hat obgesiegt, nun sollst
du Sieg an ihr erringen
Mit dienstlicher Treue.
Ich will auch bald auf deine Seite bringen,
Dass sie dir beisteht, ihre werte Muhme.
Durch Sigunens Glanz soll deine
Farb erblühn gleich einer lichten Blume."

107.   Schionatulander
begann da zu sprechen:
"So will mir deine Treue
aller meiner Sorgen Bande brechen,
Nun ich darf mit deinem Willen minnen
Sigunen, die mir lange
Freude stahl und fröhliche Sinne."

108.   Da durfte wohl der Hoffnung
auf Hilfe sich vermessen
Schionatulander.
Nun lasst uns nicht der großen Not vergessen,
Die Kiots und Schoisianens Kind getragen,

Bevor sie gleichen Trost empfing:
Die musste aller Freude lang entsagen.
109.   Da von Katelangen
die Fürstin war bezwungen
Von der strengen Minne,
mit Schmerzen allzulang hat sie gerungen,
Wie sie es vor ihrer Muhme hehle.
Die Königin ward inne
mit Erschrecken, was Sigunen fehle.
110.   Wie eine tauge Rose
nass bei der Röte,
So wurden ihr die Augen.
Ihr Mund, ihr Angesicht empfand die Nöte.
Da konnte die Verschämte nicht verstecken
Die Lieb in ihrem Herzen:
Das verging nach dem kindlichen Recken.
111.   Da sprach zu ihr die Königin
aus liebendem Herzen:
"O weh mir, Schoisianens Kind,
ich trug bisher zu viel andre Schmerzen,
Da von dem Anschewein ich musste scheiden:
Nun wächst in meinen Kummer
ein neuer Dorn, da ich dich sehe leiden.
112.   "An Land oder Leuten
was ist dir geschehen?
Oder will dir mein Trost
und anderer Verwandten entstehen,
Dass du keine Hilfe magst erlangen?
Wo blieb dein sonnenhafter Glanz?
weh, wer hat den gestohlen deinen Wagen?
113.   "Verwaistes Kind, nun musst du
Waise mich erbarmen.
Bei dreier Lande Kronen
zähle man mich immer zu den Armen
Bis ichs erwirke, dass dein Kummer schwindet
Und mein spähend Auge
den wahren Grund deines Leides findet." -
114.   "So muss ich mit Sorgen
all meine Angst dir künden:
Hast du mich darum wenger lieb,
gewiss, das hieße sich an mir versünden;
Ich weiß mich ja nicht mehr davon zu scheiden:
Bleibe mir gewogen,
liebe Mutter, das geziemt uns beiden.
115.   "Gott soll dir lohnen:
niemals hat dem Kinde
Eine Mutter größre Zärtlichkeit
erboten, als ich an dir hier finde,
Musst ich gleich an Freuden jetzt erkranken.

Hier war ich keine Waise:
Deiner weiblichen Güte will ichs danken.
116.   "Deines Rates, deines
Trostes, deiner Hulden
Bedarf ich miteinander,
seit ich nach dem Freund muss Jammer dulden,
Viel qualenreiche Not; sie ist zu peinlich.
Er knüpft mein schweifend Denken
an seinen Strick; all mein Sinn ist ihm heimlich:
117.   "Nach dem lieben Freunde
ist all mein Schauen
Aus den Fenstern auf die Straße,
über Haid und nach den lichten Auen
Vergebens, ich erspäh ihn allzu selten.
Drum müssen meine Augen
des Freundes Minne weinend teur entgelten.
118.   "So geh ich von dem Fenster
hinauf an die Zinnen
Und schaue ostwärts, westwärts,
ob ich Stein nicht Kunde mag gewinnen,
Der mein Herz schon lange hat bezwungen;
Man mag mich zu den alten
Liebenden zählen, nicht zu den jungen.
119.   "Wenn ich dann auf wilder Flut
im Nachen gleite,
So spähen meine Blicke
wohl über dreißig Meilen in die Weite,
Ob ich solche Kunde möge finden,
Die des Leids um meinen
jungen klaren Freund mich könnt entbinden.
120.   "Wo blieb meine Freude?
Warum ist geschieden
Aus meinem Herzen hoher Mut?
Ach und Weh vertrieb unsern Frieden.
Ich wollt es gern alleine für ihn leiden;
Doch weiß ich, dass auch ihn zu mir
Verlangen zieht, muss er gleich mich meiden.
121.   "Weh mir, wie könnt er kommen?
zu fern ist mein Getreuer,
Um den ich bald erkalte,
bald lodre wie im knisternden Feuer:
So erglüht mich Schionatulander,
Seine Minne gibt mir Hitze
wie Agremontin dem Wurm Salamander."
122.   "O weh," sprach die Königin,
"zu kluge Red ist diese:
Bin ich an dir verraten?
Nun fürcht ich die Französin, Anflise:
Hat sich vielleicht ihr Zorn an mir gerochen?

All deine weislichen
Worte sind aus ihrem Mund gesprochen.
123.   "Schionatulander
ist ein Fürst ohne Tadel.
Doch nimmermehr erkühnen
dürfte sich sein Reichtum und sein Adel,
Dass er so jung an deine Minne dächte,
Wenn der stolzen Königin
Anflise Hass sich nicht an mir rächte.
124.   "Sie hat dies Kind erzogen, seit
es von der Brust gekommen;
Gab ihre Tücke nicht den Rat,
durch den so weh dir ward und beklommen,
So magst du ihm, er Dir viel Freud erwerben.
Bist du ihm hold, so lass darum
deinen jungen Leib nicht verderben.
125.   "Tus ihm zu Lieb, lass wieder
Klarheit offenbaren
Augen, Kinn und Wange.
Wie geziemt es also jungen Jahren,
Wenn so lichter Haut der Schein erlischet?
Du hast kurzen Freuden
allzu viel der Sorgen beigemischet.
126.   "Hat der Delfin, der junge,
viel Freude dir verderbet,
Er kann dir Freuden auch verleihn.
Lieb und Gutes viel auf ihn vererbet
Hat sein Vater und die Delfinette
Mahande, seine Mutter,
und die Köngin seine Muhme Schoette.
127.   "Ich klage nur, du wurdest
ihm lieb allzu frühe:
Du willst den Kummer erben,
den Mahande trug um den Delfin Gurzgrie.
Ihre Augen sahns zu allen Stunden,
Wie er den Preis in manchem Land
sich erwarb, den Helm aufs Haupt gebunden.
128.   "Schionatulanders
Preis wird noch noch steigen:
Er stammt von Leuten, die den Preis
nie sinken ließen, nicht einmal sich neigen:
Stets wuchs er in die Breit und in die Länge.
Nun sorge, dass er Freud und Trost
und nicht Kummer über dich verhänge.
129.   "Wenn das Herz bei seinem Anblick
in der Brust dir erlachte,
Das nimmt mich nicht Wunder;
wie schickt' er sich so schön, wenn ihn bedachte
Der Schild, wie hielt er sich im Feuerregen

Der Funken, die den Helmen
entsprühten von seines Schwertes Schlägen!
130.   "Kein Maler malt' ihn, wie er
beim Lanzenspiel gesessen!
An eines Mannes Antlitz
war wohl nie so wenig vergessen,
Dass ein Weib ihn liebe, wenn ichs kenne.
Sein Schein mag deine Augen
erfreun: Deine Minn ich ihm gönne."
131.   Da war Minn erlaubet,
Herz an Herz geschlossen.
Ohne Wank der Minne
war beider Herz zu minnen unverdrossen.
"Wohl, Muhme, mir," sprach sie mit frohem Sinne,
"Dass ich den von Graharz
vor aller Welt mit deinem Urlaub minne!"

II. Gardevias

Schionatulander weilt mit Sigunen in dem Gezelt, das sie in einem Walde
aufgeschlagen haben, als ein laut jagender Bracke auf der Fährte eines
angeschossenen Wildes das Dickicht durchbricht. Schionatulander fängt ihn
seines Schmuckes wegen und bringt ihn Sigunen. Der Hund hieß Gardevias, zu
deutsch: Hüte der Fährte, und war dem Pfalzgrafen Eckunat entsprungen, dem
ihn seine Geliebte Klauditte von Kanedig, die Schwester und Erbin jener Florie,
für die Ilinot, Artus Sohn, im Kampfe gefallen war, erst bei dieser Jagd als einen
"wildlichen" Brief zugesandt hatte, denn das köstliche Halsband und das noch
reicher geschmückte zwölf Klafter lange Seil trug eine Schrift, deren
Buchstaben Edelsteine bildeten, die mit goldenen Nägeln auf den Strang
genietet waren, und deren Inhalt nebst einer sittlichen Auslegung des
Hundenamens die Geschichte der beiden Liebenden war. Sigune liest die
Aventüre, während Schionatulander draußen im Bach mit bloßen Beinen nach
Fischen angelt. Auf die Fortsetzung begierig, löst sie das an der Zeltstange
befestigte Seil, als der Hund ausreißt, das Seil nach sich zieht und durch das
Zugloch (Winde) des Zeltes laut bellend auf die Fährte des Wildes entkommt.
Vergebens setzt ihm Schionatulander nach, Dornen und Stifte verwunden seine
bloßen Beine, die noch bluten, als er ohne den Bracken in das Zelt tritt, wo er
Sigunen findet, deren Hände das durch gestreifte Seil blutig geschunden hat.
Sie verlangt von ihm das Brackenseil, an dem sie die Aventüre zu Ende lesen
will und erklärt, dass sie ihren Besitz an diese Bedingung knüpfe. Mit
Schionatulanders Versprechen, nicht zu rasten, bis er ihr das Brackenseil
wieder erworben habe, schließt das Bruchstück.

---

1. So lagen sie nicht lange,
   als aus dem Waldreviere
   Mit heller schöner Stimme
   auf blutger Fährte hinter wundem Tiere
   Ein Bracke kam hoch lautend an mit Jagen.
   Der fand hier kurzen Aufenthalt:
   das muss ich lieber Freunde halb beklagen.
2. Da so den Wald durchhallte
   der Stimme lautes Bellen,
   Schionatulander,
   der von Jugend auf vor allen Schnellen
   War bekannt - nur Trevrezent der reine
   Lief und sprang jedem vor,
   den jemals trugen ritterliche Beine -
3. Da gedacht er: "Wenn den Hund
   jemand mag erlaufen,
   Der habe schnell Füße!"
   Nun will er Ruh und Freude verkaufen
   Und ein stetes Trauern hier empfangen.
   Auf sprang er nach der Stimme;
   den Bracken dacht er seinem Lieb zu langen.

4. Dass in den weiten
   Wald nicht wollte kehren
   Das flüchtge Wild, sondern her
   vor den Delfin, das wird ihm Sorge mehren:
   Langer Kummer ward ihm drum zu Teile.
   Er barg sich hinter dichtem Strauch:
   sieh, da kam er jagend an dem Seile,

5. Des Fürsten Bracke, eilends
   war er seinen Händen
   Entfahren auf die blutge Spur.
   Möchte sie nimmer einen Hund mehr senden,
   Die ihn jüngst dem Hochgemuten sandte,
   Dem er entsprang dem Jüngling zu,
   und dem damit viel hoher Freuden bannte.

6. Da er so das Dickicht
   durchbrach auf der Fährte,
   Mit arabschem Gold bestickt
   trug er am Hals ein Band von hohem Werte:
   Da sah man lichtes, köstliches Gesteine
   Das wie die Sonne glänzte.
   Er fing sich da den Bracken nicht alleine;

7. Was er mit dem Bracken
   fing, will ich euch sagen:
   Leid mit Not gefüttert
   ward ihm da zu Teil ohne Zagen,
   Und immerdar groß Kriegen und groß Streiten.
   Das Brackenseil ward ihm Beginn
   verlorner Freuden und betrübter Zeiten.

8. Er trug den Hund im Arme
   Sigunen der klaren.
   Das Seil war wohl zwölf Klafter lang,
   die von vierfarbgen Seidenborten waren,
   Grün, gelb, rot und braun, angestücket
   Stets in Spannenlänge,
   die Nähte schön und köstlich geschmücket.

9. Darüber lagen Ringe
   mit Perlen lichten Scheines;
   Je zwischen den Ringen,
   spannenlang, ledig des Gesteines,
   Vierfarbge Blätter, wohl von Fingers Breite.
   Nehm ich den Hund an solch ein Seil,
   so bleibt es bei mir, ob er entgleite.

10. Wenn mans dem Bracken abnahm,
    zwischen den Ringen
    Sah man Buchstaben,
    die rund umher an dem Seile gingen.
    Aventüre hört, wenn ihr gebietet:
    Mit goldnen Nägeln waren
    die Steine fest an den Strang genietet.

11. Die Schrift war von Smaragden
    mit Rubin verbündet,
    Demant, Granat und Chrysolith dazwischen.
    Das Seil war gut gehündet,
    auch war wohl nie ein Hund so gut geseilet.
    Ich weiß wohl, ließt ihr mir die Wahl,
    welches ich wählte, unverweilet.

12. Auf grünem Samet
    mit mailichem Scheine
    War des Halsbands Borte
    gestickt, und mit mancherlei Gesteine
    Beschlagen, deren Schrift ein Fräulein lehrte.
    Gardevias hieß der Hund,
    das heißt zu deutsch: Hüte der Fährte.

13. Die Herzogin Sigune
    las den Beginn der Märe:
    "Ein Brackennamen ist das Wort,
    das den Werten doch geziemend wäre:
    Mann und Weib, die schön der Fährte hüten,
    Hier wird es ihnen Gunst der Welt
    und dort der himmlische Lohn vergüten.

14. Sie las am Halsband weiter,
    noch nicht an dem Seile:
    "Wer immerdar der Fährte
    hütet, dessen Preis ist nimmer feile,
    Da er im lautern Herzen so erstarkte,
    Dass ihm nie ein Aug ersieht
    auf dem wandelbaren, unsteten Märkte."

15. Einem Fürsten wurden Brack und Seil
    zum Minnelohne
    Gesandt: Das schenkt ihm eine
    junge Königin, sie trug die Krone.
    Sigune ließ sich von dem Seil bescheiden,
    Wer der Fürst war und die Königin;
    die Namen standen deutlich da von beiden.

16. Sie war von Kanedig entstammt,
    die Schwester von Florien,
    Die Ilinot dem Briten
    Herz und Sinn udn sich selbst verliehen,
    Was sie nur hatte, außer ehlicher Minne:
    Sie hatt ihn auferzogen,
    er war ihr lieb vor jeglichem Gewinne.

17. Er musst auch unterm Helm für sie
    sein Leben enden.
    Verböt es höfsche Zucht mir nicht,
    so möcht ich wohl fluchen seinen Händen,
    Der den Stoß nach seinem Herzen führte;
    Florie starb an derselben Tjost,
    ob nie ein spitzes Eisen sie berührte.

18. Sie ließ einer Schwester
    die Krone zu eigen.
    Klauditte hieß dieselbe Magd;
    ihre reine Güte mochte nicht verschweigen
    Des Fremden Lob, noch dessen, der sie kannte:
    Drum drang in manches Land ihr Preis,
    den ihr auch der Neid nicht entwandte.
19. Die Herzogin las von der Magd
    die Schrift an dem Seile.
    Ihre Fürsten wünschten,
    dass sie ihnen einen Herrn erteile.
    Da berief sie einen Hof gen Beuframunde.
    Reich und Arm zog dahin:
    Da sollte sie ihn wählen gleich zur Stunde.
20. Dük Eckunaten
    de Salvaschflorien,
    Den trug sie längst im Herzen;
    auch kor sie ihn, ihm ward ihr Reich verliehen.
    Ihre Krone überflog da sein Gemüte,
    Der sich vor allen Fürsten
    stets beflissen, wie er der Fährte hüte.
21. Sie zwang seine Jugend
    und das Recht in ihrem Lande:
    Da ihr die Wahl gegeben war,
    so wählte dann die Jungfrau sonder Schande.
    Wollt ihr zu deutsch des Herzogs Namen kennen?
    Von den wilden Blumen,
    also hört ich Eckunaten nennen.
22. Da er von der Wilde hieß,
    sie schickt' ihm in die Wilde
    Diesen wildlichen Brief,
    den Bracken, der durch Wald und Gefilde
    Der Fährte wahrte, wie ein Bracke sollte.
    Die Schrift besagt' auch, dass sie selbst
    weiblicher Fährte hüten wollte.
23. Schionatulander
    mit einer Federangel
    Fing Aschen und Forellen
    während sie las, dazu der Freude Mangel,
    Denn selten ward ihm Freude mehr zu Teile.
    Sigun entwickelte die Schnur,
    dass sie die Schrift zu Ende läs am Seile.
24. An die Zeltstange
    war es festgebunden.
    Ihr Entwickeln ist mir leid;
    hätte sie sich des nicht unterwunden!
    Gardevias litts mit Widerstreben;
    Nach seiner Speise rief sie da,
    denn sie wollt ihm zu essen geben.

25. Zwei Jungfrauen sprangen
vor das Zelt in Eile.
O weh den blanken Händen
der Herzogin: Litten die vom Seile,
Ich tat es nicht, es tats der Steine Härte.
Gardevias zuckte
und entsprang auf des Jagdwildes Fährte.

26. Er war auch Eckunanten
entwischt in gleicher Weise.
Sie rief den Jungfrauen:
als sie nahten mit des Bracken Speise,
Zu dem Zelte trugen sie die balde.
Der Bracke war derweil entschlüpft
durch das Zugloch, man hört' ihn schom im Walde.

27. Er riss halt das Zugloch
zum Teil aus den Pfählen.
Als er wieder fand die frische
rote Fährte, wollt ers nicht hehlen,
Er jagte öffentlich und nicht verborgen.
Das entgalt des werten
Gurzgri Sohn mit mancherlei Sorgen.

28. Schionatulander
die großen wie die kleinen
Fische mit der Angel fing,
wie er da stand mit bloßen, blanken Beinen
Im lautern schnellen Bach, der Kühle wegen.
Da hört' er Gardevias
Stimme: Sie erscholl zur Qual dem Degen.

29. Er warf die Angel aus der Hand
und setzte mit Eile
Über Strünke wie durch Dornen;
doch naht' er nicht dem Bracken noch dem Seile.
Wegloses Dickicht hielt ihn weit zurücke;
Schon spürt' er weder Wild noch Hund;
auch nahm ihm das Gehör des Windes Tücke.

30. Seine bloßen Beine wurden
zerkratzt von den Dornen,
Auch verwundeten ihm Stifte
die blanken Füße hinten und vornen.
Er war noch müder als das Wild der Fährte;
Er ließ sie waschen, eh er trat
in das Zelt. Da fand er Sigunen, die Werte,

31. Grau in den Händen
wie von Frost bereifet,
Wie eines Lanzenbrechers Hand,
wenn vom Gegenstoß hindurch gestreifet
Der Schaft im Saus die bloße Haut geschunden:
So von dem durchgezognen Seil
war die Hand der Herzogin voll Wunden.

32. Sie sah seine Wunden
an Händen und an Füßen.
Sie beklagte ihn, er sie.
Nun wird sich diese Märe bald entsüßen,
Da die Herzogin mit ihm zu sprechen
Begann von der Schrift am Seil:
Der Verlust wird manchen Speer zerbrechen.

33. Da sprach er: "Wer hätte
wohl je ein Seil beschrieben?
Französische Liebesbücher
gibt es viel: Mir ist die Kunst nicht geblieben,
Sonst les ich wahrlich lieber doch darinne.
Sigune, süße Magd, die Schrift
an dem Seile schlag dir aus dem Sinne."

34. Sie sprach: "Aventüre
fand ich an dem Strange,
Les ich die nicht zu Ende,
so widert mir mein Land zu Katelange:
Wie viel mir jemand Reichtum bieten könnte,
Gern wollt ich drauf verzichten,
wenn er mir die Schrift zu lesen gönnte.

35. "Das sprach ich, werter Freund, nicht dir
noch jemand zu Leide;
Doch wie viel der Jahre
wir noch so jung zusammen lebten beide,
Eh dein Dienst der Minne Lohn begehrte,
Schaff er mir das Seil zuvor,
daran Gardevias hütet der Fährte."

36. Er sprach: "So will ich gerne
dir das Seil erwerben.
Wenn es Kampf erringen kann,
so will ich an Leib und Preis verderben,
Oder ich bring es wieder dir zu Händen:
Sei gnädig, süße Magd, und halt
mein Herz nicht so lang in deinen Banden."

37. "Gnad und was nur immer
eine Magd darf gönnen
Ihrem Freund, gewähr ich dir
und niemand soll mich dran verhindern können,
Wenn du um das Seil dich willst bemühen,
Das der Bracke nach sich zog,
da ihn meine Hand ließ entfliehen."

38. "So will ich nimmer rasten
noch ruhn, bis ichs erringe.
Du bietest reichen Sold, ich kann
es kaum erwarten, bis ich es bringe,
Und deine Minne soll zum Lohn erhalten.
Ich will es suchen nah und fern;
mögen Glück und Minne freundlich walten!"

39. So wussten sie mit Worten
    Trost sich zu spenden
    Und mit gutem Willen.
    Beginn des Leids, wie schrecklich sollt' es enden!
    Wohl noch erfährt der Junge wie der Greise,
    Der mutige Gelober,
    wie es stieg und sank mit seinem Preise.

Das Ende